LA GUERRE DES CLASSIQUES ET DES ROMANTIQUES,

POËME HÉROÏ-COMIQUE EN TROIS CHANTS,

*Par M. P. G***.*

PRIX : 2 FRANCS.

PARIS,
CHEZ DELAUNAY, LIBRAIRE, PALAIS-ROYAL
ET CHEZ LES MARCHANDS DE NOUVEAUTÉS.

1827.

LA GUERRE

DES CLASSIQUES ET DES ROMANTIQUES,

POÈME HÉROÏ-COMIQUE EN TROIS CHANTS.

LA GUERRE
DES CLASSIQUES
ET DES ROMANTIQUES,

POÈME HÉROÏ-COMIQUE EN TROIS CHANTS,

*Par M. P. G***.*

PRIX : 2 FRANCS.

PARIS,
CHEZ DELAUNAY, LIBRAIRE, PALAIS-ROYAL,
ET CHEZ LES MARCHANDS DE NOUVEAUTÉS.

1827.

IMPRIMERIE DE DAVID,
BOULEVART POISSONNIÈRE, N° 6.

PRÉFACE.

Encore un poëme héroï-comique, qui va grossir le nombre de ses prédécesseurs, car depuis quelque temps ce genre d'ouvrage est à la mode ; je sais que celui-ci est en retard de quelques années, et qu'il eût dû paraître quand on a commencé à parler des Romantiques : mais puisqu'ils ont encore aujourd'hui les mêmes prétentions qu'ils avaient à leur naissance, je crois pouvoir publier cet opuscule qui, au reste, ne mérite guères le nom de poëme.

Je dois rendre compte du motif qui m'a porté à entreprendre cet ouvrage. J'ai été étonné de l'audace de ceux qu'on nomme les Romantiques : je suis encore à comprendre comment on peut, de sang-froid, débiter tant de pensées vagues, qui échappent à l'analyse, et qui sont incompréhensibles à force de sublimité. On est étonné de trouver à chaque page les même mots souvent répétés plusieurs fois : il semble que le Romantisme soit un langage à part ; il a ses mots favoris, et l'on pourrait facilement en composer un vocabulaire. Prenez le verbe *rêver*, dans tous ses modes et ses dérivés; ajoutez quelques mots : *harmonieux*, *vaporeux*, *fiévreux*, etc., et des tournures à la D'Arlincourt, vous aurez un abrégé de Romantisme, c'est-à-dire, d'obscur et souvent d'inintelligible. J'ai donc essayé la réfutation de ce genre d'écrire ; je n'ai pas examiné si j'en avais le droit ou la force. Il paraîtra, sans doute, étrange, qu'inconnu dans la république des lettres, j'aie entrepris l'apologie des Classiques, dont au reste ils n'ont pas besoin, lorsque plusieurs auteurs célèbres l'ont déjà fait d'une manière victorieuse ; mais j'ai voulu protester contre les novateurs, autant qu'il a été en moi, et leur lancer un trait, après ces savans, auxquels je suis loin de me comparer.

Connaissant la faiblesse de mes moyens, je ne me suis pas flatté d'ébranler ces grandes renommées du jour et ces appuis du Romantisme qui, sans doute, se riront de mon attaque, et ce que j'ai pu dire contre eux ne décidera pas la question tant de fois agitée : Qui l'emporte des Classiques ou des Romantiques? Néanmoins, il sera permis de donner la supériorité aux premiers, tant que les Romantiques n'auront rien produit qui éclipse ou du moins égale les immortels ouvrages de leurs rivaux.

Peut-être trouvera-t-on déplacées ces expressions romantiques, que j'ai semées dans ma narration, et me blâmera-t-on d'avoir enchéri sur le ridicule de mes héros ; je citerai pour excuse ce passage de La Fontaine, qui pourrait servir d'épigraphe à mon poëme ;

> Quand l'absurde est outré l'on lui fait trop d'honneur
> De vouloir, par raison, combattre son erreur ;
> Enchérir est plus court. *Fab. I, liv. 9.*

On me reprochera le manque d'action, qui se fait sentir dans cet ouvrage ; j'ai été le premier à m'en apercevoir ; mais comme je n'ai ni le temps, ni l'envie de le recommencer, je le laisse tel qu'il est. On pourra bien aussi me reprocher mes défauts : sur cet article je n'aurai rien à répondre, et je m'en rapporterai aux conseils de la critique, qui, sans doute, voudra bien éclairer mes premiers pas dans la carrière littéraire, et qui excusera peut-être, en faveur de l'intention, la manière peu classique dont j'ai fait parler le dieu de la poésie.

Chant Premier.

Argument.

Exposition : invocation : discours du chef des Romantiques à ses sectateurs : il forme le dessein de s'emparer du Parnasse et d'en chasser les Classiques : préparatifs de la guerre : armes des combattans : ils s'embarquent : l'ombre de lord Byron leur apparaît et veut les détourner de leur entreprise : l'armée continue son chemin et arrive en Grèce.

LA GUERRE

DES CLASSIQUES ET DES ROMANTIQUES.

Chant Premier.

O Muse, qui jadis, dans Bologne et Modène, (1)
Pour un seau dérobé, fis naître tant de haine :
Qui publias depuis le scandale et le train
Que causa dans l'Eglise un antique lutrin :
Toi, qu'on voit de nos jours célébrer la querelle
Du fier La Bourdonnaie et du puissant Villèle ;
Des faits non moins fameux, d'aussi graves exploits,
Pour paraître au grand jour n'attendent que ta voix.

Un essaim de rimeurs, qu'on nomme Romantiques,
Aspire à renverser le trône des Classiques :
Ces hommes inconnus, fiers de leur nouveauté,
Prétendent éclipser la noble antiquité ;
Et, donnant à leurs vœux un essor téméraire,
À l'antique Parnasse ils déclarent la guerre.
Déjà, brisant le joug insipide, ennuyeux,

Qu'ont porté deux mille ans leurs trop simples aïeux,
On les voit, n'écoutant que leur verve insensée,
Des entraves de l'art affranchir la pensée,
Célébrer les travers du goût sentimental,
Et chercher des beautés dans le vague idéal.
Ils croiraient s'abaisser, si leurs Muses rêveuses
Ne s'exprimaient sans cesse en phrases nébuleuses;
Dire ce que souvent ils ne comprennent pas;
D'un être vaporeux célébrer les appas;
Dédaigner les anciens, se moquer des critiques;
Être vagues, diffus : voilà les Romantiques.
Le nombre en est immense, et leurs rangs inspirés
Ont des transports fréquens, fougueux, démesurés:
Rien ne peut arrêter leurs élans intrépides;
La *fièvre* et les *soupirs* sont leurs principaux guides.
Leurs rivaux sont sensés, nobles, majestueux;
Ils sont peu, mais pourtant je ne crains rien pour eux.

Viens soutenir tes droits, ô Muse des Classiques!
Viens défendre les tiens, Muse des Romantiques!
Toutes deux maintenant vous êtes en procès :
L'une doit succomber; l'autre, par son succès
Confondra sa rivale, et, non sans quelque gloire,
Sur le parti contraire obtiendra la victoire.

Venez : que les périls ne vous alarment pas;
On ne meurt qu'au moral dans de pareils combats!

« Quand finiront enfin de pénibles querelles?
» Quand pourrons-nous, couverts de palmes immortelles,
» Paisibles souverains de ce vaste univers,
» Obtenir les honneurs que méritent nos vers?
» Courberons-nous toujours une tête servile,
» Sous le joug que chérit un vulgaire imbécile,
» Et verra-t-on toujours la sotte antiquité,
» Le siècle du génie, hélas! encor vanté,
» Accabler nos esprits d'un honteux esclavage?
» Il est temps de sortir des laisses du vieil âge :
» Ainsi que des enfans, près d'un âge plus mûr,
» Sans guide et sans soutien s'avancent d'un pas sûr,
» Leur faiblesse s'éteint et leur vigueur commence :
» Ils dédaignent les soins et les jeux de l'enfance;
» Ainsi le Romantisme est sorti du berceau;
» Il doit donner au monde un spectacle nouveau :
» Il apparaît, brillant de force et de jeunesse;
» Il promet, il sera fidèle à sa promesse. »

Ainsi du Romantisme, au milieu de Paris, (2)
Parlait le chef suprême à plusieurs beaux esprits;
Leur troupe l'entourait, et, d'une oreille avide

Écoutait les accens de cet homme intrépide ;
Il avait ses desseins : son esprit enfantait
Une grande pensée, un immense projet.
Jaloux de terminer son important ouvrage,
Il poursuit en ces mots, et sonde leur courage :

« Mais si le Romantisme a dû prendre l'essor,
» Quel obstacle imprévu peut l'arrêter encor ?
» Vous ne l'ignorez pas, et messieurs les Classiques
» Ont osé déclarer la guerre aux Romantiques !
» Qui d'entre nous jamais s'y serait attendu ?
» Ce siècle, je l'avoue, est bien bas descendu !
» Quelle honte pour lui, quand la race future
» Entendra le récit d'une telle rupture !
» A peine elle croira qu'on ait fait tant d'efforts
» Pour détruire, en naissant, nos immortels accords.
» Mais ainsi qu'autrefois, dans le temps où nous sommes,
» Être persécutés est le sort des grands hommes.
» Nous le prouvons, hélas! La médiocrité
» Du noble Romantisme attaque la fierté ;
» Et, tentant d'entraver sa marche colossale,
» Oppose à ses succès une lutte inégale.
» Des hommes, d'un génie ardent, impétueux,
» Inventant des ressorts inconnus avant eux,
» Brillent avec éclat sur la scène du monde :

» Leurs talens ont ouvert une mine féconde ;
» Loin du sentier battu, par des chemins nouveaux
» Ils laissent derrière eux leurs gothiques rivaux :
» Le succès a suivi leur effort magnanime,
» Et leurs écrits divers révèlent le sublime !
» L'Envie alors s'éveille, et le goût dépravé
» Méconnaît des beautés d'un ordre relevé ;
» Les esprits, accablés par cent ans de génie,
» Sont courbés sous le joug de la monotonie :
» C'est toujours et Voltaire, et Racine, et Boileau :
» En vain nous travaillons dans un goût tout nouveau ;
» Faisant autrement qu'eux on ne saurait bien faire ;
» Nul, sans les imiter, n'aurait le droit de plaire.
» Souvent un froid rhéteur, Aristote à la main,
» Analyse nos vers, qu'il analyse en vain.
» C'est en vain que l'on voit nos modernes ouvrages,
» De tous les esprits droits captiver les suffrages ;
» On les critique encor, quoiqu'un savant burin
» Nous imprime avec art sur papier superfin ;
» Quoiqu'enrichis, parés de dessins magnifiques,
» Nous rayonnions d'éclat dans toutes les boutiques ! (3)
» Ah ! c'est trop endurer des affronts si cruels !
» Croyez-moi, vengeons-nous sur ces fiers immortels
» Que l'erreur a placés au sommet du Parnasse ;
» Leur longue renommée et nous gêne et nous lasse :

» Allons les détrôner, car les temps sont venus ;
» Tant qu'on parlera d'eux nous serons méconnus.
» Devant ces dieux, sacrés depuis qu'ils sont antiques,
» Expire anéanti l'orgueil des Romantiques :
» Qu'ils tombent ! que leur règne enfin soit terminé,
» Et régnons sans rivaux sur le monde étonné ! »

Il dit, et les accens de sa voix emphatique
Remplissent de fureur la troupe romantique.
Tous, lorsqu'il eut fini son discours un peu long,
S'apprêtent à marcher au séjour d'Apollon.
« Aux sommets du Parnasse, oui, nous irons sans doute :
» Les fils du Romantisme en connaissent la route ;
» Et si notre valeur n'éprouve aucun retard,
» Nous y verrons dans peu flotter notre étendard. »

Aussitôt à grand bruit l'active Renommée
Divulgue ce dessein dans l'Europe alarmée.
Les esprits, attentifs à de si grands débats,
Au milieu de la paix s'occupent de combats ;
Et Paris, tourmenté du démon des batailles
S'agite sourdement au sein de ses murailles.

Ainsi, quand la tempête, en un beau jour d'été,

Apparaît tout-à-coup sous le ciel attristé,
La foudre, dans les airs méditant ses ravages,
Par un roulement sourd annonce les orages,
Et des vents en courroux la redoutable voix
Retentit sur les monts et mugit dans les bois.

Cependant on voyait presque toute la terre
Prendre une part active à cette illustre guerre;
Chaque jour des renforts venaient de toutes parts
Du Romantisme altier grossir les étendards.
Le pays allemand, l'Angleterre, la France,
Firent de leurs guerriers une triple alliance;
Mais Paris, à lui seul, fournit plus de soldats
Que n'en avaient ensemble envoyés ces états.
Les héros qui menaient cette armée aguerrie,
N'avaient point à leur suite un train d'artillerie;
Point d'airain vomissant ces boulets meurtriers
Qui blessent à la fois des bataillons entiers;
Point d'armes, point de fer, point de lourdes armures,
Des partisans de Mars criminelles parures;
Mais aussi quels accords et quels brillants concerts,
Prélude des combats, résonnent dans les airs!
Quels sons *harmonieux! quelles harpes divines*
Exhalent les soupirs de leurs voix argentines!
Entendez-vous *jaillir de ce luth inspiré*,

Les sublimes accens d'un délire sacré ?
Quelle légère main, *de l'archet du génie*
Fait couler, sans effort, *des torrens d'harmonie ?*
Voyez-vous ces *festons,* ces *guirlandes,* ces *fleurs*
Où l'*or* et le *saphir* ont mêlé leurs couleurs ? (4)
Ce sont les élémens de leur noble victoire ;
Ainsi parés, sans peine, au temple de la gloire
Ils vont monter, combattre et vaincre ces faux dieux
Qui n'ont pas eu le don des vers mélodieux.
Apollon, qui toujours assourdi de classique,
Bâille depuis long-temps sur son Parnasse antique,
Réveillé par les sons de leurs suaves voix,
Va croire au romantisme et protéger ses lois ;
Il recevra les uns, pour peu qu'il les écoute :
Les autres de sa cour seront chassés, sans doute :
Du moins c'est là l'espoir et le vœu de leur cœur.

Pour les réaliser, déjà d'un pas vainqueur
(Nul obstacle, il est vrai, n'arrêta leur folie)
Ils ont franchi la France et toute l'Italie.
En vain la mer alors développant ses eaux,
Elève une barrière entr'eux et leurs rivaux ;
Rien ne peut arrêter la troupe qui s'apprête
A courir hardiment le sort d'une tempête.
Jusque-là, favorable à leurs brûlans désirs,

La voile s'arrondit au souffle des Zéphirs,
Et déjà ces rêveurs, sur des barques *rêveuses*,
Se livraient au *cristal* des ondes *vaporeuses*,
Quand un fantôme immense, aux yeux des matelots,
Dans le vague lointain se lève sur les flots;
Il se lève, et marchant sur la plaine mouvante,
S'avance vers ces preux qu'il glace d'épouvante.
Son port est noble et fier, son front majestueux;
Des chagrins, des soucis l'essaim tumultueux
Semble l'accompagner et peser sur sa tête;
On croirait voir en lui le dieu de la tempête.
« Où portez-vous vos pas, audacieux mortels ?
» Venez-vous, du Croissant sectaires criminels,
» Servir contre les Grecs sa lâche barbarie ?
» Ou venez-vous, vengeant leur sanglante patrie,
» Imiter en tous points votre maître, Byron ? »
C'était Byron lui-même. « O sublime patron ! »
Répond un Romantique au nom de tous les autres,
« De tels projets sont beaux, mais ne sont pas les nôtres.
» Pour la première fois hors des murs de Paris,
» Si nous portons nos pas vers de lointains pays,
» Nous n'allons pas, rangés en troupes régulières,
» Soutenir d'Ibrahim les sanglantes bannières;
» Un dessein si cruel est bien loin de nos cœurs,
» Et nous haïssons tous de barbares vainqueurs.

» Nous n'allons pas non plus, imprudens politiques,
» Encourager des Grecs les exploits héroïques;
» Nous plaignons, il est vrai, leurs malheurs, leurs revers,
» Nous combattons pour eux, mais seulement en vers;
» Quelquefois en rêvant nous saisissons le glaive,
» Nous combattons alors, nous mourons!.. dans un rêve.
» Mais pour vous dire enfin le but de nos travaux,
» Nous allons au Parnasse attaquer nos rivaux,
» Les Classiques : sur eux remportant la victoire,
» Nous les ferons tomber du séjour de leur gloire.
» Quelqu'un nous soutiendra dans ce débat fameux :
» Byron, sur le Parnasse, est assis plus haut qu'eux;
» Byron, du Romantisme est le père et l'apôtre;
» Il combattra pour nous, car sa cause est la nôtre.»
—« Ah! répondit Byron, quelle était mon erreur!
» J'avais cru qu'ils viendraient imiter ma valeur,
» Ainsi qu'ils prétendaient imiter mon génie.
» De marcher sur mes pas vous avez la manie!
» Eh bien! suivez-moi donc dans mes périls divers!
» Un peu plus de courage et beaucoup moins de vers!
» Insensés! qui croyez qu'en montant au Parnasse,
» Byron de son secours aidera votre audace!
» Au temple de la gloire on me place : j'y suis
» Bien plus pour ma valeur que pour tous mes écrits.
» Mais allez, poursuivez votre folle entreprise :

» N'espérez pourtant pas que Byron favorise
» Un dessein que vous seuls avez pu concevoir.
» De quel titre, au Parnasse, iriez-vous vous asseoir?
» Parlez, qu'avez-vous fait dont le siècle s'honore,
» Pour vaincre ces rivaux que votre orgueil abhorre?
» Quel mérite soutient vos chefs-d'œuvre vantés?
» Ils ont tous mes défauts et n'ont pas mes beautés.
» Rien de clair, rien de vrai, dans vos écrits bizarres:
» Vous voulez être neufs et vous êtes barbares.
» Si Byron s'égara dans un chemin nouveau,
» Il marcha quelquefois dans la route du beau:
» Vous, vous ne suivez rien, vous outrez la nature,
» Et vos écrits des miens sont la caricature.
» Achevez un dessein vraiment digne de vous:
» Vous ne méritez pas seulement mon courroux! »
Il dit et disparut: les vagues l'engloutirent,
Et les rives, au loin, à sa voix répondirent.

Qui peindrait leur surprise et leur crainte à la fois?
Quoi! ces hommes fameux, prônés par tant de voix,
Ont vu sortir des flots Byron, Byron lui-même;
L'ont entendu contre eux fulminer l'anathême!
Le premier Romantique, et leur modèle à tous,
Contre ses sectateurs se mettrait en courroux!
Contr'eux qui, dédaignant les modèles antiques,

Par leurs vers enchanteurs, leurs beautés poétiques,
Se flattent d'approcher du *but mystérieux*
Dont Byron leur donna le *type précieux!*
La chose est impossible, et, frappés de vertige,
Leurs esprits abusés ont rêvé ce prodige;
C'en est fait, on l'oublie, et l'audace renaît.
On vogue en pleine mer : la terre disparaît.

Ainsi, lorsque vainqueur des efforts de l'orage,
Le pilote, naguère aux portes du naufrage,
Voit renaître le calme et la sérénité:
Sous un souffle plus doux vole avec majesté
Le vaisseau qui, fendant le vaste sein de l'onde,
Laisse sur son passage une trace profonde.

La troupe romantique, au terme de ses vœux
Vogue tranquillement sans accident fâcheux,
Et, cédant aux transports de leur verve insensée,
Tous, par des chants divers charment la traversée.
Après avoir chanté les rayons du soleil,
Enveloppant les mers de leur *réseau vermeil*,
L'Océan, qui se creuse en *grottes ondoyantes*,
Leurs esquifs entourés de vagues *tournoyantes*,
Le miroir inconstant, l'éclat mobile et pur,
Où du ciel lumineux se réfléchit l'azur.

Après avoir chanté mille autre phénomènes,
Ils abordent sans crainte au pays des Hellènes;
Et d'abord loin du lieu, loin du bruit des combats,
Pacifiques guerriers, ils détournent leurs pas.
Si ces nobles héros aiment à reconnaître,
Celui que de leur secte ils ont nommé le maître,
Ils ne peuvent pourtant, au milieu des hasards,
S'exposer comme lui dans les plaines de Mars,
Et traîner sur des morts leurs Muses effrayées;
Non; mais suivant en paix des routes non frayées,
Evitant tout rapport avec les Ottomans,
Ils vont droit au Parnasse accomplir leurs sermens.
C'est là qu'ils prouveront à la terre incrédule,
Combien était injuste et combien ridicule,
Le respect qu'on portait à ces fiers immortels,
A qui les préjugés élèvent des autels.

FIN DU PREMIER CHANT.

Notes du Premier Chant.

(1) Pour un seau dérobé fis naître tant de haine.

Le *Seau enlevé*, poème du Tassoni, traduit et embelli par M. Creuzé de Lesser.

(2) Ainsi du Romantisme. . . . .
Parlait le chef suprême.

Je ne nomme pas le chef des Romantiques, et je laisse au lecteur le plaisir d'en nommer un de son choix; d'ailleurs, plusieurs rivaux semblent se disputer ce titre.

(3) . . . .
Nous rayonnions d'éclat dans toutes les boutiques!

On connaît l'élégance et la beauté des ouvrages romantiques (je parle de l'impression), dont le luxe est souvent le principal mérite.

(4) . . . .
Où l'*or* et le *saphir*, etc.

Ce ne sont pas ces expressions, en elles-mêmes aussi bonnes que d'autres, mais leur fréquente répétition que je blâme.

(5) Nous combattons alors, nous mourons...! dans un rêve.

Que de Romantiques ont prétendu qu'ils combattaient, qu'ils mouraient, qu'ils s'illustraient, etc., dans un rêve.

FIN DES NOTES DU PREMIER CHANT.

Second Chant.

Argument.

Apollon sur le Parnasse préside à sa cour : des cris se font entendre : les Romantiques demandent le combat : leur chef s'y oppose, et veut qu'on offre avant la paix aux Classiques : il monte au Parnasse sur le dos de Pégase, et les somme de se rendre : réponse d'Apollon : l'ambassadeur furieux reprend la route de son camp : un guerrier pendant son absence improvise un chant romantique : le chef est de retour : il excite son armée à la vengeance, et elle se met en devoir d'escalader le Parnasse.

LA GUERRE

DES CLASSIQUES ET DES ROMANTIQUES.

Second Chant.

Au haut du mont qu'assiège une armée intrépide,
D'où l'œil découvre au loin les champs de la Phocide,
L'immortel Apollon présidait à sa cour;
Rangés autour de lui dans ce brillant séjour,
Les mortels dont la terre admira le génie,
Ecoutaient les leçons du dieu de l'harmonie;
Et les Muses, charmant leur immortalité,
Variaient leurs plaisirs et leur félicité.

Quand des cris parvenus jusque dans cette enceinte
Aux demi-dieux surpris causèrent quelque crainte;
Un d'entr'eux aussitôt, le télescope en main
Cherche d'où peut venir ce tumulte soudain:
« J'aperçois, leur dit-il, si mon œil ne m'abuse,
» Un essaim de guerriers... une troupe confuse... »
— « Quoi donc! dit Apollon, seraient-ce des mortels
» Dignes tant à la fois des honneurs éternels?

» Le siècle est fécond, mais... je me trompe, je pense,
» Car, bien que des auteurs le nombre soit immense,
» Sur mille prétendans, un seul, un tout au plus,
» Peut monter au Parnasse où fort peu sont élus.
» Cependant il en est que leur talent honore :
» Il en est deux ou trois, mais ils vivent encore. »
Apollon plaisantait et sans s'informer plus
D'où provenaient les cris qu'on avait entendus,
Il charma le Parnasse aux accords de sa lyre.

C'était (il est, je crois, superflu de le dire)
La troupe des ligueurs, dont les rangs belliqueux
Demandaient le combat avec des cris affreux ;
Mais pour les contenir, du haut d'une éminence
Le chef suprême a fait un signe : on fait silence :

« Magnanimes guerriers, mes vengeurs, mon appui,
» Qui soutenez ma cause et m'aidez aujourd'hui,
» Je ne veux pas ici vous faire une harangue,
» Et bien moins courageux qu'habile de la langue,
» Enflammer vos esprits par de brillans discours,
» Tels que tous les héros en débitent toujours ;
» En agissant ainsi je vous ferais injure,
» Et votre air menaçant pleinement me rassure.
» Un plus puissant motif arme en ce jour vos bras,

» Et du sein de la paix vous entraîne aux combats.
» Des Classiques, l'objet de notre juste haine,
» Romantiques hardis nous secouons la chaîne.
» Du séjour de la gloire où nous avons des droits,
» Ils veulent nous bannir et nous donner des lois!
» A ces fiers souverains ce jour sera funeste :
» Allons les attaquer : le ciel fera le reste.

» Mais montrons-nous clémens autant que valeureux :
» Offrons à nos rivaux un pardon généreux;
» S'ils veulent, sans délai, nous céder le Parnasse,
» A ce prix ils pourront peut-être obtenir grâce.
» Ce n'est pas que j'espère un accommodement :
» Je connais le Classique et son entêtement (1).
» Mais du moins en vos rangs je place la justice,
» La raison, l'équité; qu'il se rende ou périsse! »
Pégase, en ce moment, passant fort à propos,
Ce vaillant chef l'arrête et saute sur son dos :
L'hippogriffe saisi d'une frayeur subite,
Vers le sommet du mont l'emporte dans sa fuite;
Vainement ses amis lui montrent le danger
Où dans son imprudence il va seul s'engager;
Il ne les entend plus : diplomate sublime,
Il poursuit dans les airs sa course magnanime,
Arrive en un instant au suprême séjour,

Et devant Apollon et son auguste cour
Apparaît tout-à-coup. « Oppresseurs du génie,
» Votre gloire, dit-il, est désormais flétrie :
» Votre empire n'est plus, vos honneurs sont passés :
» Descendez du séjour où vous êtes placés ;
» Dociles à ma voix, descendez sur la terre ;
» Je viens vous épargner les horreurs de la guerre.
» Rendez à mes pareils le rang qui leur est dû :
» Mon armée est là-bas : vous m'avez entendu ! »

Le Parnasse étonné restait dans le silence ;
Les Classiques, surpris d'une telle insolence,
Ne savaient que répondre à ce hardi mortel,
Osant leur proposer, et d'un ton solennel,
De descendre à l'instant du séjour de leur gloire ;
Apollon courroucé peut à peine le croire.
« Mais, quel es-tu, mortel, à moi-même inconnu ?
» Dit le dieu ; jusqu'ici comment es-tu venu ?
» Qu'oses-tu demander à ceux qu'ici rassemble.... »
— « Ce que j'ai dit pourtant, est bien clair, ce me semble ;
» Mais je vais m'expliquer. J'arrive de Paris,
» Célèbre rendez-vous de tous les beaux-esprits ;
» Je suis, après Byron, le chef des Romantiques,
» Et je viens, de ce pas, détrôner les Classiques.
» L'univers, autrefois sous leurs lois engagé,

» S'est affranchi du joug dont ils l'avaient chargé,
» Et, reprenant enfin sa liberté première,
» Partout du Romantisme arbore la bannière.
» Une puissante armée a marché sur mes pas :
» Les Classiques soumis ne résisteront pas,
» La résistance est vaine; et vous, de bonne grâce,
» Apollon, vous allez nous admettre au Parnasse;
» Sans doute jusqu'ici notre éclat est vanté :
» Nous avons tous des droits à l'immortalité.
» Qu'ont fait pour habiter le temple du génie
» Ces hommes étrangers aux lois de l'harmonie?
» Nous, du moins, nous créons et nous sommes auteurs!
» Eux, singes des anciens, lâches compilateurs
» Habilement parés de la gloire des autres,
» Ont-ils eu des talens comparables aux nôtres?
» Ne doit-on pas les voir s'abaisser devant nous,
» Quand un seul Romantique a plus d'esprit qu'eux tous,
» Quand par notre mérite et nos talens nous sommes.... »
— « Arrête, dit le dieu, respecte ces grands hommes!
» De quel front, téméraire, oses-tu ravaler
» Ceux que les tiens et toi ne sauraient égaler?
» J'admire ton audace et ta mâle assurance :
» Tu n'avais pas besoin d'abandonner la France
» Et de venir ici, par un si long trajet,
» Pour échouer enfin dans ton noble projet;

» Car je crains que pour toi, pour ta nombreuse armée,
» L'entrée en ce séjour ne soit long-temps fermée.
» Ignores-tu que ceux qu'insulte ta fierté
» Ont seuls des droits réels à l'immortalité ?
» On n'entre pas ici comme à l'Académie :
» Il faut plus qu'une épître et plus qu'une homélie. (2)
» C'est par de longs efforts et des travaux constans,
» Qu'ils ont ravi leurs noms à l'injure du temps :
» C'est en suivant toujours cette route sacrée
» Que vous montra Boileau, qu'Horace avait montrée,
» Qu'ils ont dans l'univers obtenu les autels,
» Où vient les révérer la foule des mortels ;
» Mais toi, qui pour régner dans ma cour souveraine
» As découvert, sans doute, une route certaine,
» Toi, dont l'esprit fécond néglige les travaux,
» Dans lesquels ont pâli tes indignes rivaux,
» Va dire à tes pareils que leur brûlant délire,
» Et leurs chants vaporeux, et leur magique lyre
» N'ont pas encor charmé les Classiques surpris,
» Mais qu'ils ont d'Apollon mérité le mépris.
» Ils ont considéré ce lieu qu'ils veulent prendre,
» Qu'ils montent! Apollon les fera bien descendre! »
Il dit : l'ambassadeur répond sans se troubler :
« Ton impuissant courroux ne nous fait pas trembler ;

» Crois-moi, nous chasserons de ce séjour suprême
» Les Classiques vaincus et leur maître lui-même ! »

Le Parnasse enchanté, d'un rire universel
Accueille le héros et son noble cartel ;
Et celui-ci qu'indigne une telle insolence,
Redescend vers son camp pour en tirer vengeance.

Mais que faisait l'armée au pied du double mont?
En proie à l'ascendant du *vaporeux démon*,
Qui *dévore* son sein et qui *ronge son âme*,
Un guerrier *soupirait son délire de flamme.*
Sur la harpe *indolente*, *esclave de sa voix*,
Son bras *harmonieux* laissait courir ses doigts.
Mortels, faites silence ! Aux accens du poète
Les cieux étaient émus et la terre muette.
Sans haleine, debout, partageant ses transports,
La foule dévorait ses sublimes accords.
L'hymne va commencer : l'hymne déjà commence :
Cieux, soyez attentifs, et vous, mortels, silence !!!

« Qu'elle est belle et charmante, et quels heureux contours !
» Les Grâces et Vénus composent ses atours :
» De son front virginal que la pudeur colore,
» L'harmonieux éclat ferait honte à l'aurore.
» Quel sourire divin ! quel diaphane azur

» Tempère son regard d'un bleu céleste et pur!
» Je ne l'ai jamais vue, et celle que j'adore,
» Peut-être ne vit plus ou ne vit pas encore; (3)
» Et pourtant son portrait, comme un rêve enchanteurs,
» Enivre mes esprits d'un charme séducteur :
» Son image sans cesse occupe ma pensée :
» Soit que de l'œil du jour la lumière éclipsée
» Cède enfin son empire aux ombres de la nuit :
» Soit que l'astre rêveur qui sans cesse la suit,
» Fournissant dans les cieux sa course solitaire,
» Sous ses rayons d'argent semble bercer la terre,
» En quelques lieux divers que je porte mes pas,
» Partout et nulle part je trouve ses appas!
» Mais peut-être elle existe : en ce moment peut-être,
» Seule et mélancolique, assise sous un hêtre,
» Laissant flotter au gré des Zéphyrs amoureux
» Les longues tresses d'or de ses jolis cheveux,
» Elle appelle celui dont le chaste délire
» Pourra comprendre enfin la vierge qui soupire,
» L'être mystérieux, aux regards pleins d'attraits,
» Qui de son cœur ému saura tous les secrets!
» Sortant de l'horizon de cette ignoble terre,
» Loin, bien loin des mortels, dans l'ombre du mystère,
» D'un être vaporeux elle embrasse l'espoir :
» Elle m'a deviné! comme au souffle du soir,

» Des baisers du Zéphyr mollement ranimées,
» Se relèvent des fleurs les tiges embeaumées,
» Telle, se ranimant sous mes baisers de feu,
» J'arrive, je la vois, et je suis plus qu'un dieu! »

Le barde, après ce chant passionné, sublime,
Ne pouvant plus dompter le transport qui l'anime,
Allait recommencer un chant mélodieux, (4)
Encor plus admirable et plus harmonieux,
Mais, fondant tout-à-coup de la céleste plaine
Le chef est de retour : il respire la haine!
Sa bouche est écumante et ses yeux sont hagards :
Alors, à ses guerriers, au pied du mont épars :
« Vengeance! leur dit-il, guerre à mort! point de grâce
» Aux despotes altiers qui règnent au Parnasse!
» Apprenez quelle injure et quel affront sanglant
» J'ai reçu devant eux de leur maître insolent.
» De sa cour souveraine il nous ferme l'entrée,
» Et de nos fiers rivaux la gloire est assurée :
» Apollon, en courroux, s'unissant avec eux,
» S'apprête à repousser nos efforts belliqueux;
» Mais que nous fait à nous sa faveur ou sa haine?
» Un ennemi de plus ne nous met pas en peine.
» Croit-il nous effrayer par son lâche courroux?
» Croit-il épouvanter des héros tels que nous?

» A vaincre sans péril on triomphe sans gloire !
» Guerriers, suivez mes pas ! marchons à la victoire ! »

Il dit, et ses soldats poussant des cris affreux,
Partagent la fureur de leur chef valeureux ;
Les rangs se sont formés, et la troupe héroïque
Élève dans les airs l'étendard romantique,
Où sont écrits ces mots, des Classiques l'effroi :
La fièvre, *le délire*, et le *je ne sais quoi.* »

FIN DU SECOND CHANT.

Notes du Second Chant.

(1) Je connais le Classique et son entêtement.

Les Romantiques traitent de routiniers ceux qui sont fidèles aux règles de la saine littérature : mais comment qualifier ceux qui font gloire de n'en suivre aucunes ?

(2) Il faut plus qu'une épître et plus qu'une homélie.

Je ne nomme personne.

(3) Je ne l'ai jamais vue, et celle que j'adore
Peut-être ne vit plus ou ne vit pas encore.

Les Romantiques ordinairement n'ont pas autant de franchise : ils ne disent pas qu'ils adorent un être imaginaire, mais on a tout lieu de le croire d'après le portrait qu'ils en font.

(4) Allait recommencer un chant mélodieux.
. . . .

Il faut être juste, et reconnaître, à défaut d'autres qualités, l'harmonie et la douceur de quelques Romantiques.

FIN DES NOTES DU SECOND CHANT.

Troisième Chant.

Argument.

Craintes du général au moment du combat : Apollon envoie une Muse aux Romantiques pour les engager à se désister de leur entreprise : réponse du chef : il signale sa valeur contr'elle : la Muse retourne auprès d'Apollon, qui se décide à confondre les Romantiques : ceux-ci montent enfin à l'assaut : Apollon les arrête : sa clémence : les ligueurs éperdus retournent dans leur camp : dans cette extrémité, la Muse de la Patrie improvise, mais sans succès : Apollon met l'épouvante dans l'armée, qui se disperse.

LA GUERRE

DES CLASSIQUES ET DES ROMANTIQUES.

Troisième Chant.

DÉJA pour accomplir leur risible menace,
Les ligueurs, rayonnant d'espérance et d'audace,
S'avancent en bon ordre au pied du double mont.
Quel chagrin de leur chef semble obscurcir le front?
Naguère, comme on sait, ce noble personnage
Dans les plaines de l'air avait fait un voyage,
Quand porté sur Pégase, aux Classiques surpris
D'une honteuse paix il proposa le prix;
Alors du mont sacré parcourant l'étendue,
Des obstacles sans nombre avaient frappé sa vue:
Ici, comme un rempart s'élève un roc fatal,
Que ne dissoudrait pas le secret d'Annibal, (1)
Et qui touche les cieux de sa tête orgueilleuse:
Là, le sol entr'ouvert en abîme se creuse:
Partout mille dangers, mille obstacles divers;
Tels étaient les écueils, qu'en planant dans les airs

Avait pu découvrir l'ambassadeur poète,
Et qui le remplissaient d'une frayeur secrète.
Vainement il s'épuise en efforts superflus,
Pour inspirer aux siens une ardeur qu'il n'a plus;
Mais sous un front serein déguisant ses alarmes,
Il feint de croire encore au succès de ses armes.

Ainsi, lorsqu'un vaisseau, consumé par le temps,
A sur le dos des mers usé ses fondemens:
La carène fragile, encor loin du rivage,
D'un péril imminent menace l'équipage,
Et pourtant le pilote, instruit seul du danger,
Sur l'abîme entr'ouvert sourit au passager.

Tel, précédant les siens qu'anime sa présence,
Le héros romantique au pied du mont s'avance,
Et d'un air assuré, ferme dans son dessein,
Du sommet sourcilleux leur montre le chemin.

Apollon qui les voit affrontant sa colère,
Poursuivre jusqu'au bout leur projet téméraire,
Lui, qui pourrait d'un mot les anéantir tous,
Ne cède pas encor à son juste courroux.
Il appelle une Muse, et lui montrant l'armée,
Qui d'une sotte ardeur follement animée,

Prétend, sans aucun droit, siéger au double mont :
« Tu vois ces insensés, et tu vois ce qu'ils font
» Lui dit-il, va vers eux : dis-leur que ma clémence
» D'un projet ridicule excuse la démence;
» Fais leur envisager ces rochers menaçans,
» Obstacles éternels à leurs vœux impuissans :
» Qu'ils cessent à ta voix une lutte inégale,
» Et retournent chez eux sans bruit et sans scandale :
» Qu'ils corrigent leur style, et suivent avant tout
» Les règles du bon sens et celles du bon goût.
» Qu'ils chassent de leurs vers ces phrases cadencées,
» Coulantes, il est vrai, mais vides de pensées :
» Qu'ils laissent, s'il se peut, le volage Zéphyr,
» Le rubis, l'émeraude, et même le saphir :
» Qu'ils n'aillent plus, rêveurs, aux rêveuses prairies,
» Rêver tout éveillés leurs sottes rêveries,
» Et bannissent enfin ce vain fatras de mots,
» Qui ne plairont jamais qu'à la foule des sots.
» Alors, peut-être, admis à partager ma gloire,
» Ils parviendront un jour au temple de mémoire;
» Va, dis-leur qu'Apollon, qu'ils avaient offensé,
» S'ils suivent ses conseils, oublîra le passé. »

La Muse aussitôt part et se trouve sans peine,
Devant les fiers ligueurs essoufflés, hors d'haleine.

—« De la part d'Apollon, qui retient son courroux,
» Pour vous offrir la paix je descends près de vous :
» Voici ses propres mots....» Et la Muse fidèle
Répéta son discours à la troupe rebelle.
Mais alors qu'elle eut dit : « Qu'ils laissent le Zéphyr,
» Le rubis, l'émeraude, et même le saphir :
» Qu'ils n'aillent plus, rêveurs, aux rêveuses prairies,
» Rêver, tout éveillés, leurs sottes rêveries,
» Et bannissent enfin ce vain fatras de mots
» Qui ne plairont jamais qu'à la foule des sots. »
— « Non, ne l'espérez pas! lui dit le chef suprême;
» De votre dieu, vraiment, la malice est extrême,
» Car si nous écoutions ses conseils imprudens,
» Le Romantisme, hélas! ne vivrait pas long-temps.
» Pourrait-il exister sans douces rêveries,
» Sans rubis, sans saphir? Expressions chéries,
» Dont l'empire magique et le charme vainqueur,
» Savent flatter l'oreille et chatouiller le cœur!
» Mots heureux, inconnus à nos rivaux gothiques,
» Et qui portent si haut l'éclat des Romantiques!
» Ah! nous les garderons ces harmonieux mots,
» Qui, quoique vous disiez, ne déplaisent qu'aux sots.
» Oui, les fougueux transports d'un sublime délire,
» Présideront toujours aux accords de ma lyre;
» Les vers tels que les miens, les vers mélodieux,

» Sont et seront toujours le langage des dieux :
» Les vulgaires mortels ne doivent pas l'entendre :
» L'homme serait trop fier s'il pouvait le comprendre.
» Mais, allez, retournez ; dites à votre roi
» Qu'on peut encor le vaincre et lui faire la loi :
» Qu'il cesse d'afficher une fausse clémence,
» Et qu'il garde une paix qui me blesse et m'offense.
» Il a tremblé, sans doute, et j'en suis convaincu :
» Qui consent à se rendre est à demi-vaincu. »

En achevant ces mots, d'une main héroïque
Il saisit tout-à-coup un recueil romantique,
Le lance, et la frappant vers le sommet du front :
« Va porter ma réponse au dieu du double mont ! »
Lui dit-il ; mais la Muse, ô prodige incroyable!
La Muse, qui toujours se crut invulnérable,
Ressent des maux de nerfs escortés de vapeurs !
Et sans le prompt secours des immortelles sœurs,
Elle était au pouvoir de la troupe insolente.
Celles-ci, soutenant la Muse encor tremblante
La dérobent aux traits de ce guerrier félon,
Et vont de son injure informer Apollon.

Telle, aux champs Phrygiens, par un Grec téméraire
Fut blessée autrefois la reine de Cythère,

Quand se précipitant dans les rangs ennemis,
A la fureur du glaive elle arracha son fils.

Aussitôt qu'Apollon eut appris la réplique
Et le lâche attentat du héros romantique:
« Quoi donc! s'écria-t-il, justement courroucé,
» C'était peu de tenter un assaut insensé,
» Ces ingrats, que voulait épargner ma colère
» Ont osé m'insulter dans mon parlementaire!
» Plus de pitié pour eux! Il faut que mon courroux
» Se fasse enfin sentir à cet amas de fous. »
Il se lève à ces mots, et sa cour l'accompagne.

Les ligueurs cependant gravissant la montagne,
Après avoir vaincu des obstacles nombreux,
Marchent péniblement au terme de leurs vœux;
Un grand nombre, il est vrai, dans leurs travaux succombent
Plusieurs font un faux pas, se relèvent, retombent,
Et cette fois enfin ne se relèvent plus.
D'autres, se consumant en efforts superflus,
Suivent encor la route étroite, tortueuse,
Par ses écueils divers depuis longtemps fameuse,
Et que tant de mortels ne franchiront jamais.
Vainqueurs en espérance, et certains du succès,
Se plaçant en idée au séjour de la gloire,

Rêveurs par habitude, ils rêvent la victoire.

Mais le dieu du Parnasse arrêtant leur ardeur,
Se montre à leurs regards couronné de splendeur.
A l'aspect de son front respirant la menace
Les ligueurs ont senti s'éteindre leur audace,
Et, frappés de terreur, les plus déterminés,
Abaissent devant lui leurs regards étonnés.
Ces preux, déjà certains d'une prompte défaite,
Même avant le combat songent à la retraite;
Ils veulent fuir : la peur les enchaîne en ce lieu;
Leurs pas sont arrêtés sur le roc: et le dieu
Qui sourit en voyant leurs efforts et leur peine,
Oublia tous les droits qu'ils avaient à sa haine,
Et que ces furieux voulaient le détrôner.
Il pourrait les punir, il veut leur pardonner.
« Enfans dénaturés, d'un père qui vous aime,
» Avouez, leur dit-il, votre folie extrême!
» Je devrais, confondant un ridicule espoir,
» Punir votre démence, et j'en ai le pouvoir:
» Cependant je veux bien, moins en vainqueur qu'en
» Vous épargner le poids de ma juste colère.
» Pour repousser enfin vos efforts insensés,
» Je me montre, et déjà vous êtes terrassés!

» Un triomphe aussi prompt doit vous faire compren.
» Qu'au Parnasse immortel vous ne pouvez prétendre.
» Retournez donc chacun d'où vous êtes venus :
» Vos rivaux en ce lieu sont encor maintenus :
» N'espérez pas sur eux obtenir la victoire ;
» Vous pouvez partager non détruire leur gloire :
» Vous pouvez approcher de ces hommes fameux,
» Et l'on est grand encor, même en l'étant moins qu'
» Essayez, croyez-moi, de faire un autre usage
» Des dons qu'a pu le ciel vous donner en partage ;
» Quelques-uns, parmi vous, montrent quelque tale
» Ici, c'est un bon mot, là, c'est un vers coulant ;
» Mais si vous aspirez à ma gloire immortelle,
» Quittez le Romantisme et sa sœur éternelle
» La vague Rêverie, et tout ce vain fatras
» Qu'on cherche à deviner mais qu'on ne comprend
» Voilà mon sentiment : si, comme je le pense,
» Vous sentez désormais toute votre impuissance ;
» Il ne vous reste plus, magnanimes guerriers,
» Q'à retourner en paix au sein de vos foyers :
» A qui ne peut combattre, il sied bien de se rendre :
» Je ne vous retiens plus, vous pouvez redescendre. »

Il dit, et maudissant le destin des combats,

Ces héros, vers le camp, précipitent leurs pas.
Tandis que, satisfait de sa prompte victoire,
Le dieu remonte en paix au séjour de sa gloire.

C'en est fait : des ligueurs, l'orgueil est confondu :
Le siège est terminé, tout espoir est perdu.
« Hélas! disait aux siens, le prince romantique,
En donnant à sa voix un ton mélancolique;
» Faut-il que la Fortune, en ces funestes lieux
» Ait si mal secondé nos exploits glorieux!
» Sans l'accident fatal qui vient de nous abattre
» Sur ce mont redoutable on nous verrait combattre;
» Mais le sort nous arrête au moment du succès :
» Un dieu, de ce séjour nous interdit l'accès.
» Il faut partir : il faut, chacun dans sa patrie,
» Aller cacher sa honte et son ignominie!
» Le Romantisme est mort!... » Il s'arrête à ces mots,
Et donne un libre cours à ses tristes sanglots.

Le camp restait plongé dans un morne silence;
Tous étaient consternés : quand un guerrier s'avance:
« Qu'osez-vous proposer, dit-il, au général?
» C'est vous, qui du départ nous donnez le signal!
» Qui? Nous? fuir lâchement, quand par nos chants
» Nous pouvons du Parnasse encor gagner le maître!

— « Qui ! lorsque tous les cœurs sont glacés par l'effri
» Dans un si grand revers qui chantera donc ? — Moi !
» Moi, dis-je, et c'est assez ! Si j'ai peu de génie,
» J'ai de la voix. — Ton nom ? — Muse de la Patrie ! (4)
» Déguisant ma faiblesse et voilant mes appas,
» Au milieu des hasards j'ai marché sur vos pas ;
» Vous êtes arrêtés par de cruels obstacles ;
» Je vais improviser, je ferai des miracles. »

Elle dit, et bientôt en proie à ses transports
La Muse improvisa les plus charmans accords.
Le revers des ligueurs, célébré sur sa lyre,
Fournit ample matière à son fécond délire :
Car, comme chacun sait, sur tout en général,
Ce barde féminin chante tant bien que mal.
Les immortelles sœurs qu'un tel spectacle amuse,
Écoutaient les accents de la dixième Muse.
Elles aimaient assez la douceur de ses chants.
« Ses accords quelquefois sont faciles, touchans,
» Disait l'une : elle est jeune, elle est patriotique,
» Elle a tous les talens, mais elle est romantique. »
Et la laissant chanter ses illustres héros,
Les Sœurs, au même instant lui tournèrent le dos.

Cependant les guerriers qu'un fol espoir abuse,

Attendaient leur salut de la modeste Muse,
Et pensaient qu'Apollon, plus facile pour eux,
Aux accords de sa voix satisferait leur vœux.
Sa réponse, en effet, ne se fit pas attendre:
Et voici son discours, que chacun put entendre:
« Vainement, du Parnasse, un téméraire auteur
» Pense, étant romantique, atteindre la hauteur:
» Vous qui l'êtes, fuyez, quand la fuite vous reste,
» Ou craignez mon courroux à vos pareils funeste! »

Le désordre aussitôt se met dans tous les rangs:
La crainte a dispersé tous ces fiers combattans.
Le Parnasse voit fuir leur essaim téméraire,
Qui du dieu courroucé brave encor la colère,
Et menace, en fuyant le mont aux deux sommets
Où l'on dit que ces preux ne parviendront jamais.

FIN DU TROISIÈME CHANT.

Notes du Troisieme Chant.

(1) . . . .
Que ne dissoudrait pas le secret d'Annibal.

Annibal, arrêté dans les Alpes par la difficulté des chemins, trouva le moyen d'amollir les rochers qui s'opposaient à son passage.

(2) . . . .
Le Romantisme hélas! ne vivrait pas longtemps.

Retranchez toutes ces expressions harmonieuses, mélodieuses, dont les Romantiques font un si grand usage, que restera-t-il ?

(3) Enfans dénaturés d'un père qui vous aime!

Admirsns la bonté d'Apollon, qui appèle encore les Romantiques, ses enfans, malgré qu'ils l'aient renié pour maître.

(4) . . . . Muse de la Patrie!

Je le répéte, je ne nomme personne.

FIN DES NOTES DU TROISIÈME CHANT

www.ingramcontent.com/pod-product-compliance
Ingram Content Group UK Ltd.
Pitfield, Milton Keynes, MK11 3LW, UK
UKHW031955260826
14628UKWH00005B/2078

9 782329 097367